C. Etti

Über die Gerbsäure der Eichenrinde

C. Etti

Über die Gerbsäure der Eichenrinde

Unveränderter Nachdruck der Originalausgabe von 1880.

1. Auflage 2024 | ISBN: 978-3-38694-575-2

Antigonos Verlag ist ein Imprint der Outlook Verlagsgesellschaft mbH.

Verlag: Outlook Verlag GmbH, Zeilweg 44, 60439 Frankfurt, Deutschland
Vertretungsberechtigt: E. Roepke, Zeilweg 44, 60439 Frankfurt, Deutschland
Druck: Libri Plureos GmbH, Friedensallee 273, 22763 Hamburg, Deutschland

Über die Gerbsäure der Eichenrinde.

Von **C. Etti.**

(Aus dem Universitäts-Laboratorium des Prof. v. Barth. [XLI.])

In der Fortsetzung meiner Studien über die Gerbsäuren fiel diesmal meine Wahl auf die Gerbsäure der Eichenrinde, und bevor ich zur Mittheilung der eigenen Versuche übergehe, halte ich für nothwendig, zunächst die Erfahrungen der früheren Bearbeiter desselben Gegenstandes anzuführen.

Stenhouse[1] prüfte verschiedene gerbstoffhaltige Pflanzen und Pflanzentheile auf Gallussäure, um über die Natur ihrer Gerbsäuren näheren Aufschluss zu bekommen, darunter auch die Eichenrinde. Aus wässerigen Abkochungen der letzteren erhielt er keine Gallussäure. Er bereitete sich aus derselben ein Extract durch Abdampfen, das bei der trockenen Destillation kein Pyrogallol lieferte, andererseits fällte er aus dem wässerigen Rindenauszuge durch Schwefelsäure das Phlobaphen als rothen Niederschlag, aus welchem bei der trockenen Destillation ebenfalls kein Pyrogallol sublimirte. Bezüglich dieses rothen Niederschlages beobachtete er, dass derselbe bei längerem Kochen mit verdünnter Schwefelsäure eine dunklere Färbung annahm.

A. Grabowski[2] bereitete sich die Gerbsäure durch fractionirte Fällung der wässerigen Eichenabkochung mit Bleiacetat und erhielt sie aus den zuletzt fallenden Niederschlägen als gelbbraune, amorphe Masse, die, mit verdünnter Schwefelsäure gekocht, einen rothen Niederschlag mit $57 \cdot 2$—$59^0{}_{0}$ Kohlenstoffgehalt fallen liess, während das Filtrat nach Entfernung der Schwefelsäure und nach dem Abdampfen einen gelben Syrup zurückliess, der „die

---

Annal. d. Chemie 45, 16.

Sitzb. der kais. Akademie der Wissenschaften. Bd. 56, pag. 388.

bekannten Eigenschaften" des Zuckers zeigte und bei 60° getrocknet C $47 \cdot 1^0/_0$, H $5 \cdot 8^0/_0$ enthielt, woraus sich für den Zucker die Formel $C_{12}H_{18}O_9$ berechnet. Grabowski hält desswegen die Eichenrindengerbsäure für ein Glukosid. Ferner bereitete er das Eichenphlobaphen, indem er die mit Wasser erschöpfte Rinde mit wässerigem Ammoniak auszog und die Lösung mit Salzsäure fällte. Der dadurch entstandene rothe, amorphe Niederschlag enthielt C $55 \cdot 3 - 55 \cdot 4^0/_0$ und H $4 \cdot 3 - 4 \cdot 4^0/_0$ und gab mit Ba und Ca in Wasser unlösliche, amorphe Verbindungen, aus deren Analysen Grabowski für Eichenrindenphlobaphen die Formel $C_{26}H_{24}O_{11}$ berechnete. Beim Schmelzen desselben mit Kaliumhydrat erhielt er Phloroglucin und Protocatechusäure, ferner einmal Brenzkatechin und ein anderes Mal eine krystallisirte Substanz, deren wässerige Lösung durch Eisenchlorid zuerst blau gefällt wurde, und deren Analyse weniger Kohlenstoff und mehr Krystallwasser gab, als der Protocatechusäure zukommt.

Oser[1] wählte zur Darstellung der Gerbsäure ebenfalls die Methode der fractionirten Fällung von wässerigen Auszügen der Eichenrinde mit Bleizucker. Aus dem sich später absetzenden, heller gefärbten Bleiniederschlage, der nach Oser's Beobachtung sich schon beim Auswaschen dunkler färbte, erhielt er die Gerbsäure als lichtgelbbraune, spröde Masse, die er durch Auflösen in Essigäther reinigte. Beim Trocknen der Gerbsäure findet Oser, dass sie eine höhere Temperatur ohne Zersetzung nicht verträgt. Während seine Gerbsäure bei 100° getrocknet C $54 \cdot 85^0/_0$ und H $4 \cdot 37^0/_0$ gab, enthielt die im Kohlensäurestrome bei 120° getrocknete C $55 \cdot 52^0/_0$ und H $4 \cdot 42^0/_0$. Durch Kochen der Gerbsäure ($2 \cdot 922$ Grm.) mit verdünnter Schwefelsäure erhielt er das „Eichenroth" als Niederschlag mit $60 \cdot 70^0/_0$ Kohlenstoff- und $4 \cdot 03^0/_0$ Wasserstoffgehalt und das Filtrat hinterliess nach Entfernung der Schwefelsäure eine etwas klebrige, süss schmekkende Masse ($0 \cdot 205$ Grm.), welche die Trommer'sche Zuckerprobe gab und mit Alkoholhefe Kohlensäure entwickelte. Diese Versuche gaben Oser Veranlassung, für die Gerbsäure die Formel $C_{20}H_{20}O_{11}$ aufzustellen und Grabowski's Schluss, dass die Gerbsäure der Eichenrinde zu den Glukosiden gehöre, zu bestätigen.

---

[1] Sitzb. der kais. Akad. d. W. Bd. 72, II. Abth. 1875, Juni.

Oser stellte, um die Molekulargrösse der Gerbsäure festzustellen,
eine Cichoninverbindung derselben dar, ohne zum Ziele zu gelan-
gen. Er bekam aus den Blättern der Eiche Ellagsäure und Eichenrindengerbsäure, aus auf den Blättern ausgebildeten Galläpfeln,
Tannin und Ellagsäure und hält desswegen für wahrscheinlich, dass
die Eichenrindengerbsäure und Eichenroth zu Ellagsäure und
Tannin in naher Beziehung stehen.

Johansen[1] bereitete sich den „Eichengerbstoff" ebenfalls
durch fractionirte Fällung der Eichenrindenabkochung mit Bleiacetat. Er erhielt ihn als rothbraune, amorphe, glänzende, nach
dem Zerreiben gelbbraune Masse, aus der er Bleisalze von wech-
selnder Zusammensetzung und eine Cichoninverbindung erhielt.
Durch Kochen des Gerbstoffes mit Essigsäure oder verdünnter
Schwefelsäure, bekam er Eichenroth und nach dem Ausschütteln
des Filtrates mit Äther sternförmige Nadeln mit den Reactionen
der Gallussäure, aus dem nachher eingedampften Filtrate einen
reducirenden, rechtsdrehenden mit Hefe Alkohol gebenden, schwer
zu reinigenden Syrup. Infolge des letzteren Resultates hält
Johansen den Gerbstoff ebenfalls für ein Glukosid. Durch
Schmelzen desselben mit Kaliumhydrat erhielt er nach der An-
säuerung einen in Äther löslichen, bräunlichen, mit Blei fällbaren
Rückstand, der ihm die Reactionen der Protecatechusäure gab.
Durch Kochen des Gerbstoffes mit Kaliumhydratlösung gibt er
an, ebenfalls Zucker, durch Dialyse Quercit und durch trockene
Destillation des Gerbstoffes Pyrogallol gewonnen zu haben.
Johansen führt übrigens, ausser für die Blei- und Cichoninverbin-
dungen, keine analytische Belege für seine Spaltungsproducte an.

Schliesslich habe ich noch zu erwähnen, dass C. Liebermann[2] Eichenrinde trocken destillirte und in dem Destillate nur
zweifelhafte Spuren von Cörulignon auffinden konnte.

Zur Darstellung der Gerbsäure der Eichenrinde erschien mir
wegen der Inconstanz ihrer Bleiverbindung die bisher benützte
Methode der fractionirten Fällung mit Bleiacetat nicht passend, und

[1] Archiv d. Pharm. (3) 9, 210.
  Annal. d. Chemie, 169, 233.

ich bemühte mich, eine entsprechende Bereitungsweise aufzufinden. — Da die Gerbsäure der Eichenrinde in verdünntem
Weingeist leicht löslich, in Essigäther ebenfalls löslich, wenn auch
schwerer, in Äthyläther un- und in kaltem Wasser ebenfalls schwer
löslich ist, so wurde zu ihrer Darstellung folgender Weg mit Erfolg
eingeschlagen. Die gröblich zerkleinerte Eichenrinde wurde bei
40°—50° getrocknet, gepulvert und hierauf durch ein nicht zu
feines Sieb geschlagen, wobei das roth gefärbte gerbstoffhaltige
Parenchym der Rinde durchfiel, während die beinahe farblosen
Bastfasern zurückblieben. Ersteres wurde durch Digestion mit sehr
verdünntem Weingeist in gelinder Wärme ausgezogen, die Lösung
colirt und der Rückstand abgepresst. Um die Gerbsäure aus diesem
roth gefärbten Auszuge zu gewinnen, wurde mit Essigäther ausgeschüttelt. Da sich jedoch aus einer weingeistigen Flüssigkeit
derselbe nicht gut abscheidet, so mischte ich den Auszug zuerst mit
so viel Äthyläther, dass ein kleiner Theil des letzteren an der Ober-
fläche ungelöst erschien und setzte dann eine hinreichende Menge
Essigäther hinzu. Nach häufigem Umschütteln scheidet sich das
Äthergemisch schwach roth gefärbt ab. Es wird abgehoben, der
Äther durch Destillation wieder gewonnen und zum Ausschütteln
ferner benützt. Diese Operation wird so oft wiederholt, als der
Äther Gerbsäure auf nimmt. Der weingeisthaltige, roth gefärbte
Destillationsrückstand setzt einen gelblichweissen krystallinischen
Niederschlag von Ellagsäure ab, welche durch die weiter unten
folgenden analytischen Belege nachgewiesen ist. Man sammelt den
Niederschlag auf einem Filter, während das Filtrat auf dem Wasser-
bade zur Trockene eingedampft wird. Das zurückbleibende röth-
lichweisse Pulver besteht hauptsächlich aus Gerbsäure, wenig
Phlobaphen, etwas amorphem Harze und geringer Menge von
Gallussäure, deren Analyse weiter unten folgt. Zur Trennung der
letzteren zwei Substanzen wird die Gerbsäure mit weingeistfreiem
Äther so oft ausgezogen, als dieser noch nach dem Abdampfen
einen krystallinischen Rückstand zurücklässt. Zur Beseitigung des
Phlobaphens zieht man die Gerbsäure mit einem weingeistfreien
Gemische von drei Theilen Essigäther und einem Theil Äthyläther aus. Das Phlobaphen bleibt ungelöst zurück. Nachdem aus
der ätherischen Lösung der Äther abdestillirt ist, wird der Rückstand auf dem Wasserbade zu völliger Trockene eingedampft,

wobei dann die reine Gerbsäure als röthlichweisses Pulver zurück-
bleibt.

Es ist nothwendig, im Falle zur Wiedergewinnung des Äther-
gemisches die Destillation im Wasserbade erfolgt, dasselbe, bevor
es wieder zum Ausziehen benützt wird, durch Schüttetn mit Soda-
lösung von der während der Destillation entstandenen Essigsäure
zu befreien. Die allmälig in grösserer Menge auftretende Essigsäure bleibt zum Theil im Destillationsrückstande und verursacht,
dass während dem Abdampfen und Eintrocknen die Gerbsäure
zum Theil in ihr erstes Anhydrid verwandelt wird. Am vortheil-
haftesten ist es, zur Wiedergewinnung der Äther eine Vorrichtung
zu benützen, bei welcher die Destillation in so niedriger Temperatur stattfindet, dass ein Zerfallen des Essigäthers in seine Componenten nicht zu befürchten ist. — Die Gegenwart der geringsten
Menge von Anhydrid (Phlobaphen) lässt sich erkennen, wenn man
einer weingeistigen Lösung der Gerbsäure Bleiacetat zusetzt. Ist
die Gerbsäure ganz rein, so entsteht ein weisslichgelber Niederschlag, der nach dem Absetzen rein gelb erscheint. Ist dagegen
Anhydrid beigemischt, so ist der Niederschlag schmutzig röth-
lichgelb.

Die erwähnte Ellagsäure war nach dem Auswaschen mit
verdünntem Weingeist, Pressen und Trocknen völlig rein. Sie
stellt ein gelblichweisses, krystallinisches Pulver dar, welches in
Wasser und Weingeist unlöslich, in Alkalien leicht löslich ist und
aus der gelbbraunen Lösung auf Zusatz von Säuren unverändert
ausfällt. Mit Ätzbarytlösung versetzt, bildeten die Krystalle einen
in Wasser unlöslichen, gelben Niederschlag.

0·2146 Grm. lufttrockener Substanz gaben 0·3903 CO_2 und
0·0619 Grm. H_2O.

In 100 Theilen:

	Gefunden	Berechnet für $C_{14}H_{10}O_{10}$
C	49·59	49·70
H	3·19	2·96

0·2526 Grm. lufttrockener Substanz verloren bei 120°
0·0264 Grm. = 10·45°/₀ Wasser, anstatt nach der Rechnung 10·65°/₀.

0·2299 Grm. bei 120° entwässerter Substanz gaben 0·4695 Grm. CO_2 und 0·0509 Grm. H_2O und daher in 100 Theilen:

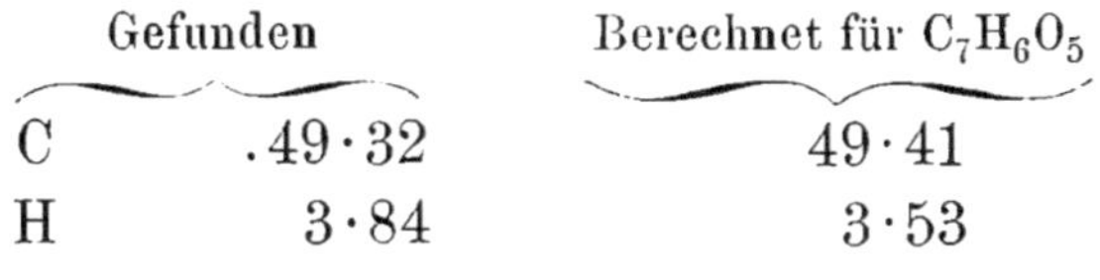

	Gefunden	Berechnet für $C_{14}H_6O_8$
C	.55·69	55·62
H	2·45	1·99

Als 6 Kgr. Parenchym der Eichenrinde auf Gerbsäure verarbeitet wurden, konnten aus dieser durch Ausziehen mit Äther etwa 0·4 Grm. farblose, krystallisirte Gallussäure dargestellt werden, die folgende analytische Resultate lieferte:

0·3152 Grm. lufttrockener Substanz verloren bei 110° 0·0299 Grm. Wasser $= 9·50°/_0$, während die Rechnung $9·57°/_0$ verlangt.

0·2853 Grm. bei 110° getrockneter Substanz lieferten 0·516 Grm. CO_2 und 0·0987 Grm. H_2O und daher in Percenten:

	Gefunden	Berechnet für $C_7H_6O_5$
C	.49·32	49·41
H	3·84	3·53

Die Gerbsäure der Eichenrinde erscheint, wie oben schon erwähnt wurde, als röthlichweisses Pulver. Ebenso wurden schon ihre Löslichkeitsverhältnisse näher erörtert und das Verhalten ihrer weingeistigen Lösung gegen Bleiacetat. Durch Eisenchlorid wird dieselbe dunkelblau gefärbt und nach einiger Zeit sieht man einen derartig gefärbten Niederschlag. Die mit sehr verdünntem Weingeist bereitete Lösung fällt Leim. Dieselbe kann auf dem Wasserbade eingedampft werden, ohne dass die Säure verändert wird, aber nur, wenn nicht die geringste Spur von einem Alkali oder einer Mineralsäure vorhanden ist. Die Gerbsäure kann ohne Zersetzung bis 130° erhitzt werden. Zur Analyse wurden Präparate von verschiedener Bereitung angewendet und zwar wurden sie aus Lösungen in Essigäther erhalten, die man bei gewöhnlicher Temperatur abdampfen liess.

I. 0·2543 Grm. bei 100° getrockneter Substanz gaben 0·5251 Grm. CO_2 und 0·106 Grm. H_2O.

II. 0·2678 Grm. bei 100° getrocknet, gaben 0·5505 Grm. CO_2 und 0·1130 Grm. H_2O.

Die aus diesen Analysen berechneten Zahlen stimmen zu den beiden Formeln $C_{17}H_{16}O_9$ und $C_{19}H_{18}O_{10}$

	Gefunden		Berechnet für	
	I.	II.	$C_{17}H_{16}O_9$	$C_{19}H_{18}O_{10}$
C	56·31	56·06	56·10	56·16
H	4·63	4·69	4·40	4·44

Welche dieser Formeln der Gerbsäure zukommt, kann erst bei dem zunächst zu besprechenden Derivate entschieden werden, da die Gerbsäure keine Verbindungen eingeht, die constant sind und sich zur Bestimmung ihrer Moleculargrösse benützen lassen.

Wird die Gerbsäure bei 130—140° getrocknet, so nimmt ihr Gewicht ab und sie erscheint dann als ein braunrothes Pulver, welches in Wasser wenig, in Weingeist und Alkalien leicht löslich, in weingeistfreiem Essigäther und Äther unlöslich ist. Aus ihrer Lösung in verdünntem Weingeist wird diese Verbindung durch Leimlösung ebenfalls gefällt.

0·2994 Grm. Substanz gaben 0·6289 Grm. CO_2 und 0·1251 Grm. H_2O und in 100 Theilen:

$$C \quad 57·28$$
$$H \quad 4·64$$

Diese Zahlen stimmen für die beiden Formeln $C_{34}H_{30}O_{17}$ und $C_{38}H_{34}O_{19}$.

	Berechnet	
	für $C_{34}H_{30}O_{17}$ und für	$C_{38}H_{34}O_{19}$
C	57·46	57·44
H	4·22	4·28

Vorerst gibt sich aus vorstehender Übersicht zu erkennen, dass beim Erhitzen auf 140° zwei Moleküle Gerbsäure 1 Molckül Wasser verlieren, dass daher ein Anhydrid entsteht. Da nun dieses Derivat der Gerbsäure mit Baryum und Calcium in Wasser unlösliche und unter gewöhnlichen Verhältnissen beständige Verbindungen eingeht, so wurde zur Ausführung einer Analyse die Baryumverbindung auf folgende Weise dargestellt. Das Anhydrid wurde in sehr verdünntem kohlensäurefreiem Ammoniak gelöst, und mit Chlorbaryum versetzt, so lange ein Niederschlag entstand. Dieser wurde mit ausgekochtem destillirtem Wasser hinreichend oft ausgewaschen und zuletzt bei 130° getrocknet.

0·7342 Grm. Substanz lieferten 0·205 Grm. SO_4Ba, welche 16·41% Ba entsprechen.

<table>
<tr><td>Gefunden</td><td colspan="2">Berechnet für</td></tr>
<tr><td></td><td>$C_{34}H_{28}BaO_{17}$</td><td>$C_{38}H_{32}BaO_{19}$</td></tr>
<tr><td>Ba... ..16·41%</td><td>16·20%</td><td>14·74%</td></tr>
</table>

In Folge dieses Resultates kommt dem Anhydrid die Formel $C_{34}H_{30}O_{17}$ und der Gerbsäure die Formel $C_{17}H_{16}O_9$ zu.

Das Anhydrid findet sich nun auch in der Eichenrinde und wird aus dem wässerigen oder weingeistigen Auszuge derselben, nachdem die Gerbsäure mit Essigäther ausgeschüttelt wurde, auf folgende Weise erhalten. Man dampft den Auszug auf dem Wasserbade auf ein geringes Volumen ein und verdünnt den Rückstand mit Wasser, wobei in der Kälte ein rother Niederschlag ausfällt, der sich auf Zusatz von Salzsäure vollständig absetzt. Den auf einem Filter gesammelten und gut ausgewaschenen Niederschlag löst man zur Reinigung in Weingeist auf und fällt die filtrirte Lösung wieder mit Wasser unter Zusatz von Salzsäure. Diese Operation wiederholt man, bis der Niederschlag sich aschenfrei zeigt. Der mit Wasser sorgfältig ausgewaschene Niederschlag, das sogenannte Eichenrinden-Phlobaphen hat getrocknet das nämliche Ansehen, dieselben Eigenschaften und die gleiche Zusammensetzung, wie das aus der Gerbsäure der Eichenrinde durch Erhitzen auf 140° dargestellte Anhydrid, welches aus diesem Grunde mit dem soeben genannten Phlobaphen für identisch erachtet werden muss. Die Analyse des letzteren ergab: [1]

---

[1] A. Grabowski (s. a. o. O.) stellte ebenfalls das Eichenrindenphlobaphen dar, indem er die mit Wasser erschöpfte Rinde mit Ammoniakflüssigkeit auszog und dann den Auszug mit Salzsäure fällte. Er erhielt bei der Analyse dieses Niederschlages die Zahlen:

C	.55·0%
H	4·3%

und in dessen Baryumverbindung 17·8% Ba. Ich überzeugte mich jedoch, dass Natriumhydrat und Ammoniak aus der Eichenrinde mit dem Phlobaphen noch einen wahrscheinlich zur Classe der Kohlenhydrate gehörenden, mit Säuren und Weingeist gelatinös niederfallenden Körper ausziehen. Dieses ist der Grund, warum die von Grabowski erhaltenen mit den von mir angeführten Zahlen differiren.

I. 0·339 Grm. der bei 130° getrockneten Substanz gaben 0·7163 Grm. CO_2 und 0·1321 Grm. H_2O.

II. 0·2761 Grm. der bei 130° getrockneten Substanz gaben 0·581 Grm. CO_2 und 0·104 Grm. H_2O.

In 100 Theilen:

| | Gefunden | | Berechnet für |
	I.	II.	$C_{34}H_{30}O_{17}$
C.	57·62	57·36	57·46
H.	4·33	4·11	4·22

Dieses Anhydrid reducirt wie die Gerbsäure Fehling'sche Kupferlösung.

Wird dasselbe mit verdünnter Schwefel- oder Salzsäure längere Zeit gekocht, so verliert es ein Molekül Wasser und das ausgewaschene, getrocknete, braunrothe Pulver ist in Wasser unlöslich, löslich dagegen in Weingeist und Alkalien.

0·254 Grm. bei 130° getrockneter Substanz lieferten 0·5472 Grm. CO_2 und 0·096 Grm. H_2O in Percenten:

	Gefunden	Berechnet für $C_{34}H_{28}O_{16}$
C	58·70	58·96
H	4·20	4·04

Wird die reine Gerbsäure mit verdünnter Schwefelsäure (1 : 20) erwärmt, so löst sie sich auf und bei länger fortgesetztem Kochen scheidet sich ein rother Niederschlag ab, der gesammelt, ausgewaschen und getrocknet in Wasser unlöslich, in Weingeist und Alkalien leicht löslich ist und Fehling'sche Kupferlösung reducirt. Unter den nämlichen Bedingungen erhielt Oser denselben Körper, den er mit dem Namen „Eichenroth" belegte. Zufolge der Analysen verlieren zwei Moleküle Gerbsäure beim Kochen mit verdünnter Schwefelsäure drei Moleküle Wasser.

$$2(C_{17}H_{16}O_9) - 3H_2O = C_{34}H_{26}O_{15}$$

0·278 Grm. bei 130° getrockneter Substanz gaben 0·6149 Grm. CO_2 und 0·1015 Grm. H_2O und in 100 Theilen:

| | Gefunden | | Berechnet für |
	Oser		$C_{34}H_{26}O_{15}$
C	60·33	60·70	60·54
H	4·06	4·03	3·86

Wird die Gerbsäure in wässeriger Lösung längere Zeit mit Kaliumhydrat gekocht, so entsteht eine dunkelroth gefärbte Lösung, in der durch verdünnte Schwefelsäure ein rother Niederschlag entsteht. Die von diesem abfiltrirte Flüssigkeit mit Äther ausgeschüttelt, hinterlässt nach der Entfernung des letzteren keine Spur eines krystallisirten Körpers. Der Niederschlag lässt sich auf einem Filter gesammelt auswaschen, bis die Säure grösstentheils entfernt ist, dann aber löst er sich in Wasser auf. Er hält noch Kalium gebunden, das sich nur durch wiederholte Digestion mit ziemlich concentrirter Schwefelsäure in der Kälte entfernen lässt, wodurch dann der Niederschlag in Wasser unlöslich und aschenfrei wird. Derselbe hat die Zusammensetzung und die Eigenschaften des Eichenrindenphlobaphens. Demnach treten beim Kochen der Gerbsäurelösung mit Kaliumhydrat keine Spaltungsproducte auf, sondern es findet nur Anhydridbildung statt. Wird die Gerbsäure in wässeriger Lösung mit Natriumamalgam längere Zeit gekocht, so beobachtet man ebenfalls keine Spaltungsproducte, sondern wieder nur Anhydridbildung.

Kohlensaure Alkalien wirken auf die Gerbsäure in wässeriger Lösung unter Entwicklung von Kohlensäure ganz ähnlich ein.

Der durch Bleiacetat in der Gerbsäurelösung entstehende gelbe Niederschlag färbt sich in feuchtem Zustande in kurzer Zeit roth, schneller in höherer Temperatur und nach seiner Zersetzung mit SH_2 wird aus dem gefällten Schwefelblei durch Weingeist nur Anhydrid ausgezogen und keine Gerbsäure mehr.

Die Eichenrindengerbsäure erleidet demnach durch Alkalien in wässerigen Lösungen und als Bleiverbindung eine analoge Veränderung, wie das Maklurin, das Kinoïn, das Catechin und die Hopfengerbsäure.

Die Lösungen der Anhydride der Eichenrindengerbsäure werden durch Eisenchlorid blau gefällt.

Um die näheren Bestandtheile der Gerbsäure der Eichenrinde kennen zu lernen, wurde zuerst die Frage zu beantworten versucht, ob sie zu den Glukosiden zu rechnen sei.

30 Grm. Gerbsäure, welche eine kleine Menge Anhydrid enthielt, wurden in der zwanzigfachen Menge Wasser vertheilt und mit einem Gramm Emulsin bei 40—45° acht Tage lang digerirt.

In dieser ganzen Zeit wurde keine Veränderung an der Lösung bemerkt und nach dem Abfiltriren einer geringen Menge eines röthlichen Niederschlages wurde das Filtrat mit Essigäther ausgeschüttelt. Dieser hinterliess nach dem Abdampfen die unveränderte Gerbsäure, deren Identität mit der ursprünglichen durch die Analyse bestätigt wurde.

30 Gramm Gerbsäure wurden mit verdünnter Schwefelsäure (1:10) vier Stunden lang gekocht. Nach dem Erkalten wurde das entstandene rothe Anhydrid auf einem Filter gesammelt und das Filtrat zur Fällung der Schwefelsäure und des in geringer Menge gelösten Eichenrothes so lange mit Bleicarbonat versetzt, bis kein Aufbrausen mehr erfolgte und die Flüssigkeit ganz farblos erschien. Nach dem Filtriren und Abdampfen derselben im luftverdünntem Raume blieb ein nur wenige Cubikcentimeter betragender roth gefärbter, trübflüssiger Rückstand, der über Schwefelsäure gestellt, vollends eintrocknete. Die nun lackartig aussehende, fade schmekkende, amorphe Masse betrug nur einige Centigramme und zeigte keine Krystalle. Mit Wasser übergossen, wurde sie durch SH_2 schwarz gefällt (Schwefelblei), in dem Filtrate vom PbS einerseits durch Chlorbaryum eine in Säuren unlösliche Trübung (Schwefelsäure), andererseits durch Eisenchlorid ein blauer Niederschlag erhalten, während Fehling'sche Kupferlösung davon reducirt wurde, woraus hervorgeht, dass die ursprüngliche, von den unlöslichen Bleisalzen abfiltrirte Flüssigkeit nur eine sehr kleine Menge von Bleiverbindungen der Schwefelsäure und des Eichenrothes gelöst enthielt, aber keinen zuckerartigen Körper, der jedenfalls in Betracht der angewendeten Menge Gerbsäure in grösserem Betrage hätte vorhanden sein müssen.

Weiter wurden 50 Grm. des aus der Eichenrinde dargestellten Phlobaphens auf die beschriebene Art mit verdünnter Schwefelsäure behandelt und ebenfalls nicht die geringste Menge eines zuckerartigen Körpers erhalten.

Ferner wurden 80 Grm. Gerbsäure in Röhren je zu 5 Grm. mit 20 Cc. verdünnter Schwefelsäure (1:6) bei 130—140° vier Stunden lang erhitzt. Der Inhalt der Röhren, der aus braunrothem, ungelöstem Anhydrid und einer schwach roth gefärbten Flüssigkeit bestand, wurde auf ein Filter gebracht und eine Probe des Filtrats mit Äther ausgeschüttelt, der nach dem Abdampfen Krystalle hinterliess.

Aus diesem Grunde wurde sämmtliches Filtrat mit so viel Baryumhydrat versetzt, bis sich eine entschieden alkalische Reaction zeigte. Nach dem Einleiten von Kohlensäure, um das überschüssige Baryumhydrat zu fällen, wurde filtrirt und die vollkommen neutral reagirende Lösung mit Äther ausgeschüttelt, der nach dem Abheben keinen krystallisirten Rückstand hinterliess. Phenolartige Körper sind daher nicht vorhanden. Als dann die wässerige Lösung mit überschüssiger Schwefelsäure vermischt und das vom schwefelsauren Baryt Abfiltrirte mit Äther ausgezogen wurde, hinterliess dieser Krystalle neben einer rothen, amorphen Masse (Eichenroth). Es wurde Wasser zugesetzt, von rothen Flocken abfiltrirt, mit etwas Bleiacetat vermischt und ohne neuerdings zu filtriren, Schwefelwasserstoffgas eingeleitet. Das Schwefelblei hält das Eichenroth beinahe vollständig zurück. Aus dem nahezu farblosen abgedampften Filtrate krystallisirten zuerst ungefärbte Nadeln und die Mutterlauge, bei gewöhnlicher Temperatur ganz eingetrocknet, liess eine schwach roth gefärbte Krystallisation zurück.

Die weissen Nadeln der ersten Krystallisation zeigten die bekannten Eigenschaften der Gallussäure.

$0 \cdot 2971$ Grm. lufttrockener Substanz verloren bei 110° getrocknet $0 \cdot 0285$ Grm. $= 9 \cdot 59^0/_0$ Wasser.

$0 \cdot 2686$ Grm. entwässerter Substanz lieferten $0 \cdot 4871$ Grm. CO_2 und $0 \cdot 087$ Grm. H_2O und in 100 Theilen:

$$
\begin{array}{ll}
\text{C.} & 49 \cdot 45 \\
\text{H} \ldots & 3 \cdot 59
\end{array}
$$

Die Formel der krystallisirten Gallussäure $C_7H_6O_5 + H_2O$ verlangt $9 \cdot 57^0/_0$ Krystallwasser und die der wasserfreien Säure $C_7H_6O_5$ C $49 \cdot 41^0/_0$ und H $3 \cdot 53^0/_0$.

Die durch Eintrocknen der Mutterlauge erhaltenen, etwas röthlich gefärbten Krystalle gaben bei der Analyse dieselben Zahlen.

$0 \cdot 199$ Grm. bei 110° getrockneter Substanz gaben $0 \cdot 3625$ Grm. CO_2 und $0 \cdot 0715$ Grm. H_2O und in Percenten:

$$
\begin{array}{ll}
\text{C} \ldots \ldots & 49 \cdot 63 \\
\text{H} \ldots \ldots & 3 \cdot 99
\end{array}
$$

Die Ausbeute an Gallussäure aus den angewendeten 80 Grm. Gerbsäure war, wie ich schon bei den ihr verwandten Gerbstoffen

die Erfahrung machte, gering, denn es wurde nur etwa 1·5 Grm.
davon erhalten.

Das aus der Eichenrinde dargestellte Phlobaphen lieferte
mit verdünnter Schwefelsäure im Rohre erhitzt, ebenfalls Gallussäure, jedoch war die Ausbeute noch geringer, als im vorher-
gehenden Falle.

Das bei diesen erwähnten Operationen auf dem Filter geblie-
bene braunrothe Anhydrid wurde, um die Gegenwart von etwa
vorhandenem Phloroglucinäther (Phloroglucid) nachzuweisen, mit
grossen Quantitäten kochenden Wassers ausgezogen. Dieses
setzte jedoch niemals weder nach dem Erkalten, noch auch nach
darauffolgendem Abdampfen einen krystallisirten Niederschlag ab.

Wird die Gerbsäure im Rohre mit concentrirter Salzsäure
bei 150—180° längere Zeit erhitzt, so bemerkt man beim
Öffnen einen nicht bedeutenden Druck und das in geringer
Menge ausströmende Gas brennt mit schwach leuchtender,
grün gesäumter Flamme. Bei einem Versuche wurde nach
Beschickung von 5 Grm. Gerbsäure und 20 Cc. concentrirter
Salzsäure der luftenthaltende Theil der Röhre mit Kohlensäure
gefüllt. Nach dem Erhitzen und Öffnen des Rohres sammelte
man das ausströmende Gas über Kalilauge in einer mit einem
Hahne versehenen Röhre und beim Ausströmen aus dieser
brannte das einige Cc. betragende Gas wie kurz zuvor ange-
geben. Diese Versuche weisen darauf hin, dass Methyl in der
Gerbsäure vorhanden sein könnte.

Um nun eine nicht gasförmige Methylverbindung aus der
Eichenrindengerbsäure darzustellen, wurde Folgendes versucht.

Zuerst wollte ich das durch Erhitzen der Gerbsäure mit Salzsäure im Rohre entstehende und beim Öffnen ausströmende Gas
nach C. Liebermann's [1] Angabe in Eisessig leiten, um dann
durch Kochen desselben mit Natriumacetat im Rohre Essigsäuremethyläther zu bekommen. Allein schon bei meiner Untersuchung[2]
des Kinoïns, das eine Methylgruppe enthält, machte ich die Erfahrung, dass bei seiner Behandlung mit Salzsäure im Rohre nur
so viel Methyl in Chlormethyl übergeht, als Kinoïn dabei in

<hr>

[1] Annal. d. Chemie 169, 239.

Sitzb. d. kais. Akad. d. Wissensch. B. 78, II. Abth., Julih. 1878.

Gallussäure und Brenzkatechin gespalten wird, während das zugleich sich bildende Anhydrid sein Methyl nicht abgibt, wovon man sich durch die Analyse jenes überzeugen konnte. Ebenso verhalten sich nach den angestellten Versuchen die Eichenrinden-gerbsäure und ihre Anhydride. Da man nun, wie oben angeführt wurde, aus 80 Grm. dieser Gerbsäure nur etwa 1·5 Grm. Gallus-säure erhält und das bei Weitem zum grössten Theil entstehende Anhydrid seine Methylgruppen durch Salzsäure nicht abtrennen lässt, so steht der Bereitung auch der bescheidensten noch erkennbaren Menge von Essigsäuremethyläther ein grosses Hinderniss im Wege.

Ferner versuchte ich nach der Lieben'schen Methode Jodoform aus der Eichenrindengerbsäure darzustellen und in der That bildet sich, wenn man der wässerigen Lösung der Gerbsäure oder ihrer Anhydride in Kaliumhydrat Jod zusetzt, Jodoform. Jedoch überzeugte ich mich, als ich Gallussäure, Tannin, Phloroglucin, Protokatechusäure ebenso behandelte, dass jede dieser Substanzen für sich Jodoform lieferte. Ganz gleich verhalten sich aus diesem Grunde Maklurin, Catechin,[1] Kinoïn und Hopfengerbsäure, sie geben alle Jodoform. Die Entstehung dieser Substanz kann daher bei den genannten Gerbsäuren für die Existenz einer Methylgruppe nicht beweisend sein.

Weiter versuchte ich durch trockene Destillation der Gerb-säure oder ihrer Anhydride ein methylirtes Phenol zu gewinnen und unterwarf desshalb 900 Grm. Eichenrindenphlobaphen in Portionen von 150 Grm. in einer eisernen Retorte der trockenen Destillation. — Das Destillationsproduct, eine schwarzbraun-gefärbte Flüssigkeit, hauptsächlich aus Wasser bestehend mit einer sehr geringen Menge eines am Boden befindlichen Öles, wurde nach Ansäuerung mit Schwefelsäure mit Äther ausgeschüt-telt. Nach Entfernung des Äthers wurde der Rückstand destillirt und als alles Wasser entfernt war, stieg die Temperatur rasch auf 200°, einige Grade darüber ging ein dickflüssiges Öl über, die Tem-peratur erhöhte sich ohne Ruhepunkt immerwährend bis 240°. Das jetzt Destillirende erstarrte zu einem Krystallbrei. Bei unge-

---

[1] Gautier (Jahresbericht für Chemie 1878, 955) erhielt aus Catechin ebenfalls Jodoform und nahm bei Aufstellung seiner Formeln für ersteres darauf Rücksicht.

fähr 280° destillirte wieder ein nicht festwerdendes Öl über. Man erhielt somit drei Fractionen. Die mittlere derselben bestand nach dem Erkalten nur aus Krystallen, ungefähr 1·5 Grm. betragend. Sie sublimirten bei schwacher Erhitzung und schmolzen in reinem Zustande bei 102° In Wasser lösen sie sich leicht, die Lösung gibt mit Eisenchlorid die bekannten Reactionen des Brenzkatechins.

Das über 200° vor dem Brenzkatechin übergegangene ölige Destillat setzte nach längerem Stehen Krystalle von Brenzkatechin ab und wurde von diesem durch Absaugen getrennt. Um das Öl soviel wie möglich von noch gelöstem Brenzkatechin zu trennen, wurde es mit Wasserdämpfen abgetrieben. In dem wässerigen Destillate schieden sich ölige Tropfen ab, die gesammelt und in einem Retörtchen bei geeigneter Erhitzung durch Durchleiten von trockenem Wasserstoffgase vom Wasser befreit wurden. Bei stärkerem Feuer ging ein Öl von schwach gelblicher Farbe und von sehr angenehmem Geruche über. Die sehr geringe Menge desselben, 0·4 Grm. ungefähr, erlaubte eine weitere Reinigung nicht und gestattete nur wenige Versuche anzustellen. Von Kaliumhydratlösung wird es nicht gelöst und seine weingeistige Lösung wurde durch Eisenchlorid nicht grün gefärbt.

0·2715 Grm. Öl gaben 0·7043 Grm. CO_2 und 0·1708 Grm. H_2O und in 100 Theilen:

$$C\ldots\ldots 70\cdot38$$
$$H\ldots\ldots 6\cdot99$$

Die Dampfdichte, mit dem von G. Goldschmiedt und Ciamician angegebenen Apparate ausgeführt, ergab die Zahl 4·40. Diese Resultate ergeben, dass die untersuchte Substanz nicht rein ist. Jedoch weisen ihr Verhalten gegen Kaliumhydratlösung, Eichenchlorid, wie ihr Siedepunkt und die erwähnten Zahlen der Analyse auf Dimethylbrenzkatechin hin, dessen Formel C_6H_4 $(OCH_3)_2$ (Veratrol) verlangt

$$C\ldots\ldots 69\cdot58$$
$$H\ldots\ldots 7\cdot24$$

und dessen Dampfdichte die Zahl 4·78 fordert.

Die geringe Quantität des nach dem Brenzkatechin überdestillirten Öles liess eine nähere Untersuchung nicht zu. Um über die Natur der beiden öligen Substanzen bestimmten Aufschluss

zu erhalten, wären weit grössere Quantitäten von Eichenrindenphlobaphen nöthig, über die ich momentan nicht verfügen kann.

200 Grm., der Rest des noch vorhandenen Phlobaphens,
wurde über Zinkstaub destillirt, jedoch eine so geringe Menge
(circa 0·2 Grm.) eines dunkelgefärbten, mit spärlichen Krystallen
durchsetzten Öles erhalten, dass sie zur Darstellung reiner, einheit-
licher Körper nicht im Entferntesten hinreichte.

Die Gerbsäure mit concentrirter Jodwasserstoffsäure im Rohre
erhitzt, lieferte ebenfalls kein entsprechendes Resultat.

Schliesslich wurden 15 Grm. Eichenrindengerbsäure mit der
fünffachen Menge Kaliumhydrats geschmolzen. Die Schmelze
lieferte nach Ansäuerung mit Schwefelsäure, Ausschütteln mit
Äther u. s. f., 0·35 Grm. Protocatechusäure (Schmelzpunkt 198°,
mit $10·42^0/_0$ Krystallwasser — berechnet $10·46^0/_0$ —), etwa 0·1
Grm. Brenzkatechin und Spuren von Phloroglucin (durch die Wies-
ner'sche Reaction und den süsslichen Geschmack erkannt), welches
Resultat mit dem von Grabowski angeführten übereinstimmt.
Es ist bemerkenswerth, dass die Eichenrindengerbsäure, wie das
Kinoïn beim Erhitzen mit Schwefel- oder Salzsäure im Rohre
Gallussäure und beim Schmelzen mit Kaliumhydrat Protocatechu-
säure liefern. Stenhouse[1] erhielt nämlich nach dem Schmelzen
des Kinogummi mit KOH Protocatechusäure.

Die Ergebnisse der mitgetheilten Versuche weisen darauf
hin, dass sich die Gerbsäure der Eichenrinde in vieler Beziehung
ähnlich verhält, wie die untersuchten Gerbstoffe, Kinoïn, Catechin,
Hopfengerbsäure und namentlich die charakteristische Eigenschaft
dieser besitzt, durch Erhitzen auf 140°, sowie durch Kochen mit
verdünnten Säuren und Alkalien, Wasser zu verlieren, wobei Anhydride entstehen, die durch die gewöhnlich angewendeten Spal-
tungsmethoden äusserst schwierig und zum geringsten Theil in
ihre näheren Componenten zerfallen.

Die Constitution der Eichenrindengerbsäure betreffend, ist
aus den erwähnten Versuchen als feststehend anzunehmen, dass
sie durch die Einwirkung von Säuren im Rohre keine Phenole

---

[1] Annal. d. Chemie 177, 178.

und ausser der Gallussäure keine andere Säure liefert, und dass bei Anwendung von Salzsäure ein in geringer Menge ausströmendes mit grüngesäumter Flamme brennendes Gas sich zeigt. Die Gallussäure muss daher hauptsächlich das Gerüste der Gerbsäure bilden, und berücksichtigt man die für die letztere aufgefundene Formel $C_{17}H_{16}O_9$, so ist es wohl möglich, dass in der Gerbsäure der Eichenrinde zwei Moleküle Gallussäure unter Austritt von einem Molekül Wasser vereinigt sind,

$$2(C_7H_6O_5)\,H_2O = C_{14}H_{10}O_9,$$

in welchem Complexe noch drei Hydroxylwasserstoffe durch drei Methylgruppen substituirt wären. Welcher Art die Bindung der beiden constituirenden Moleküle sei, ob eine anhydridartige oder vielleicht eine ketonartige, das lässt sich vorderhand wohl nicht mit einiger Wahrscheinlichkeit sagen.

Endlich möchte ich noch erwähnen, dass das bemerkenswertheste Resultat meiner Untersuchung darin besteht, den Nachweis, die Eichenrindengerbsäure sei kein Glukosid, geliefert zu haben. Denn abgesehen von den, stets negative Ergebnisse zeigenden Versuchen, den zuckerartigen Körper irgendwie aufzufinden, beweisen schon die Analysen der verschiedenen Anhydride und ihre Formeln, dass die Abspaltung eines Kohlenhydrats unmöglich erfolgt sein konnte.